La maratón de las delicias de las hadas

Por Daisy Alberto
Ilustrado por the Disney Storybook Artists

Edición: Sandra Pulido Urrea
Traducción: Martha Hernández
Diseño: Felipe Ruiz Echeverri

GRUPO
EDITORIAL
norma

Bogotá, Barcelona, Buenos Aires, Caracas, Guatemala, Lima, México,
Miami, Panamá, Quito, San José, San Juan, San Salvador, Santiago de Chile, Santo Domingo.

Printed in Colombia - Impreso en Colombia por Cargraphics S.A.
Junio de 2009 - ISBN 978-958-45-1940-5

Por toda la Hondonada de las Hadas, las hadas de Nunca Jamás trabajaban intensamente. Cada hada tenía un talento y un trabajo especial para hacer.

Lily, el hada con talento para la jardinería, estaba en el jardín, regando las semillas.

Bess, el hada con talento para las artes, estaba en el estudio, trabajando en una nueva pintura.

Silvermist, el hada con talento para el agua, estaba recolectando gotas de rocío.

Fira, el hada con talento para la luz, estaba entrenando a las luciérnagas para alumbrar la Hondonada de las Hadas por las noches.

Beck, el hada con talento para los animales, estaba ayudando a una ardilla bebé a regresar a su casa.

Y Tinker Bell, un hada de las cazuelas, estaba en su taller, arreglando una sartén rota.

Pero, sin importar lo ocupadas que estuvieran, todas se detuvieron a la hora del almuerzo. Se dirigieron al salón de té para comer.

El salón de té era uno de los lugares más populares de la Hondonada de las Hadas. Era tranquilo. Era hermoso. Y, lo mejor de todo, ¡la comida era deliciosa!

Las hadas se reunían ahí todos los días a la hora de las comidas.

—Me pregunto qué delicias nos tendrán para hoy las hadas con talento para la cocina —dijo Lily.

—Tal vez nos darán cerezas horneadas con glaseado de canela —respondió Bess.

—¡Mmm! —exclamó Tinker Bell—. Tengo tanta hambre que me podría comer una cereza entera yo sola.

Las otras hadas se rieron. No podían esperar a ver qué había de almuerzo.

Sopa de fresas, torta de nuez moscada y nueces asadas rellenas de higo... ¡cada hada tenía un plato favorito!

Había tantos manjares deliciosos que Tinker Bell no lograba decidir cuál probar primero. En ese momento, algo especial le llamó la atención. Se metió a la boca una tarta pequeñita.

—¡Esta es la mejor tarta que he comido! —afirmó.

En la cocina, Dulcie, un hada con talento para la cocina, escuchó a Tinker Bell.

—¡Tinker Bell adora mis tartas! —exclamó sonriendo.

Dulcie estaba orgullosa de sus platos. Siempre intentaba hacer los rollos más esponjosos, las tortas más variadas y los helados más cremosos. De veras amaba cocinar. Pero también adoraba ver que las demás hadas disfrutaban sus deliciosos manjares.

Ginger, el hada con talento para la cocina, estaba cerca.
Cuando oyó a Dulcie, arrugó la frente.

—Creo que esa era una de mis tartas —le dijo a Dulcie.

—No, creo que no —dijo Dulcie suavemente—. Tus tartas
tienden a ser un poquito secas y duras.

Ginger estuvo aún más en desacuerdo. Sabía que sus tartas
eran siempre húmedas y suaves.

Al día siguiente, Dulcie preparó arándanos con una fresca crema batida. Las hadas se comieron hasta la última migaja.

—¡Qué delicia! —dijo Tinker Bell—. ¿Hay más?

—Dulcie se sonrojó. Sonrió.

—¡Les encantan mis platos! —dijo con orgullo.

Dulcie quería ser la mejor hada con talento para la cocina en toda la Hondonada de las Hadas.

De vuelta en la cocina, Dulcie le echó un vistazo al horno. Vio el pan de jengibre de Ginger.

—Se ve un poco desinflado —dijo—. Deberías seguir mi receta, Ginger. Mi pan de jengibre es mucho más esponjado.

Ginger se cansó de los alardes de Dulcie.

—Mi pan de jengibre está perfecto —dijo.

—No, no lo está. Pero no te sientas mal —dijo Dulcie—. Algunas hadas necesitan un poco más de práctica que otras.

¡Eso colmó la copa! Ginger estaba harta.

—Dulcie, ¡no sabrías qué hacer con una fresa si cayera en tu molde! —exclamó Ginger.

—¡Ja! —respondió Dulcie—. ¡Te puedo cocinar cuando quieras!

—¡Demuéstralo! —añadió Ginger.

—¡Cuando quieras! —gritó Dulcie.

La maratón de las delicias comenzó. Ginger y Dulcie iban a probar de una vez por todas quién era la mejor cocinera. Era una batalla que ningún hada quería perderse.

Esa noche, Ginger preparó un flan de frambuesas servido en una vaina de vainilla. Dulcie hizo sus mágicas sorpresas de mora.

—¡Vaya! —exclamó Tinker Bell— ¡De verdad que son fantásticas!

Al otro día, Ginger hizo su famoso batido cinco-bayas.
Las hadas limpiaron sus platos y saborearon hasta el último
resto en sus cucharas.

Dulcie entró al salón de té.

—Hmmm —dijo—. Espérate a que prueben el mío.

Dulcie llevó su torta al-derecho-hacia-arriba-o-hacia-abajo al salón de té y la puso con orgullo sobre la mesa. Las hadas ni siquiera se enteraron. Estaban ocupadas terminando el batido cinco-bayas de Ginger.

Dulcie no lo podía creer.

—¿No les gusta mi torta? —les preguntó a las hadas.

—¡Se ve maravillosa! —dijo Tinker Bell—. Pero estamos llenas.

Dulcie frunció el ceño.

—¿Qué tal si prueban sólo un poquito? —suplicó.

Las hadas negaron con las manos. Se tocaron las panzas.

—¿No podríamos comer un bocadito más? —dijo Bess.

Ginger sonrió burlonamente. Parecía haber ganado el primer asalto de la maratón de las delicias.

Dulcie sabía que tenía que hacer algo superespecial para la próxima comida. Así que para el almuerzo del día siguiente se superó a sí misma.

Había pudines y bizcochos. Había panecillos y tortas. Había pilas de los pasteles de hojaldre favoritos de Tinker Bell.

Las hadas comieron y comieron hasta que no pudieron más. El banquete de Dulcie fue un éxito.

Pero la maratón de las delicias apenas estaba comenzando.

A la hora del desayuno del día siguiente, Ginger y Dulcie esperaron en el salón de té a que las hadas llegaran.

—Prueba un bizcocho —le dijo Dulcie a Tinker Bell—. Están suaves y dulces.

—¿Qué tal un rollito de miel? —preguntó Ginger—. Están más suaves y dulces.

—¡No, un bizcocho! —exclamó Dulcie.

—¡Un rollito! —gritó Ginger.

—Ah, no tengo hambre —dijo Tinker Bell mientras salía volando.

Dulcie y Ginger ni siquiera notaron que Tinker Bell se había ido. Siguieron discutiendo.

Las hadas trabajaron duro toda la mañana. Esperaban un almuerzo agradable y relajante. Dulcie y Ginger las abordaron tan pronto entraron al salón de té.

Dulcie sacó una cuchara.

—¡Prueba esto! —exclamó.

—No, ¡prueba esto! —gritó Ginger—. ¡El mío es mejor!

Pero ninguna de las hadas se detuvo. ¡El salón de té ya no era para nada relajante!

De vuelta en la cocina las cosas no estaban mucho mejor.

—¡Dame un huevo! —le gritó Dulcie a un hada recolectora de huevos.

—¡Necesito más harina! —Ginger le gritó toscamente a un hombre-gorrión con talento para la cocina.

Una por una, las demás hadas fueron dejando la cocina.
No querían estar cerca de Dulcie y Ginger. La maratón de las
delicias se estaba saliendo de control.

Pronto Dulcie y Ginger quedaron solas en la cocina.
Pero no lo notaron. Ambas estaban muy ocupadas.
Cernían y agitaban; mezclaban y medían. Ambas
querían que su próximo postre fuera el mejor.

Ginger hizo bizcochos de frambuesas frescas, rellenos de crema de vainilla. Usó las mejores frambuesas que se encontraban en la Hondonada de las Hadas.

Dulcie hizo torta especial de siete capas, con seis tipos distintos de deliciosos frutos rojos.

Dulcie tomó una frambuesa para la parte superior de su torta.

—¡Esa frambuesa es mía! —exclamó Ginger—. No puedes agarrarla.

—¡Es mi frambuesa! —replicó Dulcie—. Estoy segura.

—¡Es mía! —gritó Ginger y agarró la frambuesa.

—¡No, es mía! —gritó Dulcie con más fuerza y la agarró duro.

Ninguna de las dos quería darse por vencida. Jalaron y jalaron, hasta que...

...Dulcie salió disparada hacia atrás, ¡y cayó justo sobre su torta!

Ginger se cayó hacia atrás también. Sus bizcochos salieron volando por todas partes.

—¡Epa! —dijeron las dos hadas al tiempo.

Un bizcocho le cayó encima a Dulcie.
Otro le cayó encima a Ginger.

En ese momento, Tinker Bell entró a ver cuál era el alboroto. Un bizcocho volador le cayó justo en la cabeza.

—¡Ay! —gritó Tinker Bell—. ¿Qué está pasando aquí?

Dulcie y Ginger miraron a su alrededor. La cocina estaba hecha un desastre. ¡Había torta y bizcochos por todas partes!

—¡Ay, no! —dijo Dulcie.

—¿Qué hicimos? —preguntó Ginger.

Corrieron hacia Tinker Bell. Ella estaba muy molesta.
—La maratón de las delicias ha llegado demasiado lejos
—afirmó—. ¿No entienden que las dos son grandes cocineras?

Dulcie y Ginger se sonrojaron. Se miraron entre sí.
¿Sería verdad?

¿Ambas eran excelentes cocineras?

Dulcie se sacudió las moronas de los bizcochos de Ginger
de su delantal. Se probó los dedos.

—¡Dios mío! —dijo Dulcie—. ¡Esto está muy rico!

—¿De verdad? —preguntó Ginger.

—¡Sí! —exclamó Dulcie.

Ginger sonrió. Probó un poquito de la torta siete capas de Dulcie

—¡Mmmm! —dijo—. ¡También tu torta!

—¿Por qué no cocinan juntas? —sugirió Tinker Bell.

Y así, la maratón de las delicias terminó en una exquisita unión.

GRUPO
EDITORIAL
norma

Bogotá, Barcelona, Buenos Aires, Caracas, Guatemala, Lima, México,
Miami, Panamá, Quito, San José, San Juan, San Salvador, Santiago de Chile, Santo Domingo.